Der Tag, an dem
die Zeit in einen
See fiel und
ertrank

Tobias Bischoff

Der Tag, an dem
die Zeit in einen
See fiel und
ertrank

Moderne Lyrik

Bibliografische Information der Deutschen Nationalbibliothek:
Die Deutsche Nationalbibliothek verzeichnet diese Publikation in der Deutschen
Nationalbibliografie; detaillierte bibliografische Daten sind im Internet
über http://dnb.d-nb.de abrufbar

© 2012

Herstellung und Verlag: BoD™ - Books on Demand, Norderstedt

ISBN: 9783848207206

Gewidmet meiner Familie, meinen Freunden, und der Person, die ich liebe.
Ihr wisst, wer ihr seid.

Gewidmet auch den Personen, die mir etwas bedeutet haben, zu denen der Kontakt verloren ging, die ich vermisse, und denen, die ich liebte.
Die Zeit rennt so sehr.

Gewidmet auch jenen, die mir noch etwas bedeuten werden.
Es ist an der zeit.

Vorwort

Lieber Leser!

Es ist schön, dass Sie diese Zeilen lesen. Denn das ist einer der Gründe, warum es sie gibt. Einer der Gründe. Im nachfolgenden finden sich Gedichte von mir. Für mich sind es kleiner Schätze, Tropfen meiner Seele in dieser Welt. Viele von ihnen, eigentlich die Mehrheit von ihnen, sind tatsächlich nicht dafür entstanden, dass man sie liest, sondern eher als Selbsttherapie. Es sind Momentaufnahmen von Gefühlen und Gedanken, die einfach raus mussten und dann auf das Papier flossen. Betrachten Sie sie bitte auch so.

Momentaufnahmen, indirekt ist dies auch der Gedanke hinter dem Titel. "Der Tag, an dem die Zeit in einen See fiel und ertrank" ist einer dieser Sätze, die sich in meinen Gedanken erst als leere Satzhülse aufgebaut hat, bis langsam die bedeutung einfloss. Möglicherweise war diese auch schon vorher vorhanden, nur nicht für mich ersichtlich, es machte aber im wesentlichen keinen Unterschied.

Wie gesagt, es geht auch bei diesem Titel um Momentaufnahmen. Wir alle haben in unserem Leben schon Momente gehabt, in der die Zeit irrelevant war, oder es sich anfühlte, als ob die Zeit still stünde, quasi ertrunken wäre. Diese Momente haben in unserem Leben eine wichtige Bedeutung, sie diktieren emotionale Rahmenbedingungen, sie spannen und entspannen, wenden das Blatt, verändern alles zum guten oder zum schlechten. Die Zeitlosigkeit hat also für uns und unsere Gesellschaft eine wesentliche Bedeutung.

Allerdings spielt uns unsere moderne Gesellschaft gerne vor, es ginge nur noch darum, Zeit effizient zu nutzen, so dass wir uns wie bescheuert durch unser Leben hetzen lassen, mit dem Gedanken, dass wir uns so ein schöneres Morgen machen, jedoch stehen wir jeden Morgen auf und lassen den Kreislauf von vorn beginnen, bis uns die morgenden ausgehen. Rennen Sie da nicht mit! Es ist wichtig, sich Zeiten zu gönnen, in denen Zeiten nichts zählt. Besinnen Sie sich auf die wirklich wichtigen Dinge, nicht den Job, die karriere, sondern die Menschen, die Sie lieben, und manchmal auch sich selbst.

Um die Kurve zurück zum eigentlichen Thema zu bekommen: Die nachfolgenden Gedichte sind Momentaufnahmen aus meinen Leben, und erzählen teilweise von solchen zeitlosen Momenten, teilweise von der Suche nach diesen Momenten. Vielleicht finden Sie ja einen wieder, etwas, was Ihnen bekannt vorkommt.

Das Meer

Ich starre auf das Meer
eisig tosend dort
ewig im Gezeitenspiel,
stolz und ungezämt,
so mancher Seel Heimatland

Und die Strömung lenkt geschickt
was der Menschenhand nicht vermag
reißt Mauern ein, neue Wege,
Doch zerstört es auch,
was Widerstand birgt

Ist ja doch kein entfliehen,
vor seiner Urkraft,
bauten Dämme uns einst,
die brachen oder werden noch,
wie es der See beliebt

Rastlos ists, keine Ruhe
prägte jemals die Gestalt,
doch man spricht von Stille
unten in der Tiefe,
doch gerade da ist es Grauen

Kein Licht es dort erhellt,
und so ungezähmter
es dort seine Wogen peitscht
nur begrenzt von sich selbst
und Beherrschung, ist es weise

Seinen Lauf wohl zu erahnen,
zu treiben mit dem Floß
kein Land in Sicht und immer weiter
ist der Strömung Geschick,
das nun lenkt

Ist der Weg denn noch sehr weit?
Ist es Land, das zu erspähen,
oder werden wir untergehen
Ich weiß es nicht, und wills nicht wissen,
doch die Flut wird mich wohl lenken.

Deine Augen
Für Julia.

Deine Augen
sie strahlen mich an
durch das Halbdunkel des Raumes
sind andere Welten
strahlende kosmische Nebel
umgeben von lichtlosen Weiten

Ich verliere mich gerne in ihnen
kann meinen Blick kaum abwenden
wenn ich ihr Schimmern erkenne
und dein Lächeln,
das mich trifft

Manchmal kann ein Blick,
ein Lächeln, Sekunden dehnen
bis hin zu Ewigkeiten
und es ist gut
Die Welt schimmert einen Moment
im Leuchten deiner Augen

Der Kobold

Muss ich denn nun wirklich,
wider aller erwarten,
den Walde nun durchforsten,
bin ich denn nicht zuletzt
als ich diesen Aufwand hab betrieben
tagelang herumgeirrt?

Doch so ist's mir wohl bestimmt,
der Magen will gefüllt wohl sein,
so irre ich, wie in alten Tagen
durch diesen Wald,
Beeren wohl zu jagen,
die ganz heimlich am Busche sich versteckt

doch ganz schnell verliere ich
wie immer, ich kenn das schon,
wie ganz üblich in solch Geschichten
den Weg, und ganz plötzlich
seh ich mich auf fremden Pfaden,
die mir ganz befremdlich, wandeln

Ach Gott, versteh ich mich denn hier richtig,
ich hatt' gesehn, dass es so kommt,
Ach mein Guter, lass dir erzählen,
was ich sah auf diesen Pfaden,
die ganz plötzlich ich beschlich
denn seltsam was, doch irgendwie erwartet

Du kennst mein Glück,
denn du weißt ich verlier mich
häufger auf solcherlei Touren
ich schlich also wohl durch den Walde
die Beerentasche wohl voll,
doch sie leerte sich wie durch Magie

immer Tiefer ging ich,
und mir war nicht Bange,
doch langsam waren die Bäume,
ach mein Freund, wie soll ich sagen?
Verzaubert wär wohl ein richtig Wort,
doch Zauberei ist stets für Narren

Doch diese Bäume wohl, sie bewegten
sich selbst und ihre Äste, und mir war,
als würden sie wandern,
aber stets in meiner Nähe blieben sie
als wollten sie mir die Sinne verwirren
und langsam beschlich mich Panik

irgendwann rannt ich los
die Bäume mit mir,
ach mein Freund, so glaube mir,
heut muss ich lachen,
weils komisch mir erscheint,
wie Bäume rennen durch den Wald

Aber damals, kannst mir glauben,
was Schrecken nur, und pure Angst
die sich potenzierte als ich irgendwann
erschöpft in mich zusammensackt
und die Bäume um mich hielten
und als würden sie mich anstarren

Verzweifelt war ich,
als ich erkannte, dass
der Wald mir überall hin würd folgen
wohin ich auch zu gehen vermag,
und ich frugte mich, wer für diese Tat,
die so schändlich, war verantwortlich

Doch das sollt sich nun erklären,
mein Freund, es ist Unsinn,
wenn man versucht sich da zu erwehren
wo Magie leitet das Spiel,
und sagt ich auch, sie sei Humbug,
sie war hier Schuld an diesem Schabernack

Denn ungewollt und letzlich ohne Schuld
habe ich einen Kobold wohl auf mich
gebracht
der nun mit leis Gekicher wohl
die Bäume auf mich abgerichtet,
so dass diese wohl mir folgten
denn der Fluch zwang sie dazu

Aber mein Freund, als ich erkannte
den miesen Zauber der hier spielt,
der Kobold wohl sehr bald verstummte,
erkannt auch er wohl, was ich verstand,
und du kennst mich, wenn ich erzürnet,
kein Engel und kein Dämon kann dir helfen

So der Kobold, der mich nun gefürchtet,
schnellstens wohl den Fluch aufhob,
und die gruslig bösen Bäume
wieder brave standhaft Gesellen waren
und der widerliche Kobold
nun die Beine in die Hand wohl nahm

Doch du weißt um ihre Länge,
so kurz waren sein Beinchen wohl,
so ich schafft es ihn zu packen
ihn zu greifen an der Jacke
an der sein Zeichen wohl
ein Vierblattkleeblatt blitzte

Du weißt, diese bringen Glück,
so war ich auch wohl ganz entzückt,
als der Kobold in seiner Furcht,
mir anbot, als Entschuldigung,
dass dieser Glücksklee mir mag gehören
so dass mir schöne Tage blühen

Du ahnst mein Freund,
ich nahm dies Kleeblatt,
und glücklich war ich ohnehin,
doch nun ich fand den Pfad nach Hause
ohne störend Ärgernis,
vor allem aber schnell

Glaube mir, es ist verantwortlich auch
dass ich diese schöne Magd heut traf
und erzähl ich dir heut von diesen Taten
glaube mir, all dies ist wahr,
mein Freund, ich kann es dir wohl zeigen
denn es wartet in der Tasche wohl

Das Kleeblatt, dass ich heut gefunden,
hier ist es, mit der Blätter vier,
ach mein Freund, dieser Kobold,
war das Best' seit langem mir,
denn nun das Glück mir blüht,
so ich daran glaub

Und, ach, mein Freund, bei allem Glücke,
das mir nun wohl kommen mag,
glaubst du mir auch diese Geschichte,
vom Kobold und der Bäume Jagd,
und denkst nicht nur, ich sei ein Lügner,
und hab letztlich dies Kleeblatt gefunden
nur...

Der Seemann, Der Entdecker

Kurs genommen! Nun volle Fahrt,
in die neue Welt,
wo Sterne gold'ner Glanz,
vielleicht ja das Glück wartet.
Die Reise bisher war wild und beschwerlich,,
doch den Kurs, den vielleicht neuen Heimathafen,
behielt ich stets im Blick.
Nun schaue ich nach vorn,
wie mir scheint ist Land in Sichtweite,
doch ich geb mich ihr nicht hin,
der trügerischen Hoffnung,
zu oft hat sie mich schon betrogen.
Doch ist das Meer noch so groß,
ist mein Weg auch noch so weit,
ich schwörs, bei meiner Seel!,
nimmer werd kentern ich,
besteht auch nur ein Hauch einer Chance
zu erreichen was ich will,
und das bist du,
oh du neue Welt,
du Land, auf das ich baue,
doch werd ich fallen,
werd in Seenot ich geraten
wenn ich dich aus dem Blick verlier,
ich schwimme Notfalls weiter,
denn ein Weg ist immer frei,
sei es auch nicht deiner,
den ich mir so sehr wünsche...

Deswegen

Weil mein Herz,
Wenn es an dich denkt,
einen moment ruhe findet
weil ich dann lächel,
weil dann jeder Gedanke,
der mir das Herz zerstürmte
und mich plagte
so nichtig wird
weil ich gut schlafe,
wenn ich an dich denke,
weil das morgen seine Schrecken verliert,
weil, solange es dich gibt,
die Welt immer eine gute Seite haben wird.

Die elementare Problematik in meiner Existenz

Die elementare Problematik in meiner
Existenz
ist die elementare Existenz meines Seins
Und das allgemeine Bestreben meines
Intellekts
sich selbst Schachmatt zu setzen
Wenn man sich selbst besiegt
Wer ist der Besiegte?

Die Gestalt im Nebel

Ist es denn dort im Nebel?
Wenn Gestalten dort wohl auf Wanderschaft gehen
die ich, wie Schatten, niemals klar gesehen,
und selbst deren Form im Unerkannten bleibt.
Doch dieser Nebel, der hier wohl
alles im weiten und großen bedeckt,
in den ich gestolpert, den Pfade vor Augen,
bis der Nebel ihn mir entriss,
ja dieser Dunst, der Schleier
mich doch irgendwie verführt und auch betört

Ich war schlicht wandern,
meine Pfade wohl entlang,
wie ich es doch oft zu tun vermag,
denn der Tage Last verfliegt beim Wandern,
das Gemüt wird frei und die Gedanken,
so das mein Los, das manchmal schwer
mir drückt auf meine Sinne
so verfliegt im leeren Stummen
und die Entspannung der Wege
und der Luft mir meinen Geiste reinigt

Doch dann zog der Nebel auf,
ganz plötzlich, ich war wohl verwundert,
als er dann, von allen Seiten,
selbst da, wo er vorher nicht,
und wohl kaum so schnell hat entstehen
können,
herbeigeflutet in der Luft, und kaum drei
Meter
betrug die Sicht nun mehr noch
und alles ward nur noch Schemen und
Ungestalt,
unerkenntlich wohl zu sehen,
und mich schauderte von des Nebel
Schwaden.

Und mir war, als würd ein wispern
leise und so unverständlich
jetzt bei mir im Nebel geistern,
und mich fröstelte von dieser Stimme,
dabei diese nicht verstörend,
nein, leise seufzend und betörend
mein Gemüte mir beschlich,
ich wusst nicht mehr wie mir wurd,
als der Nebel dichter sich zog und ich
nicht mehr gehend nur noch taumelnd

Ach, ich hörte schon so oft Geschichten
von den Irrlichtern, die den Wandrer
verführten, gar hypnotisierten,
ihren Pfade wohl zu verlassen,
Und auch von Sirenen, die im Meere,
den alten Seemann wohl verführten,
sich in Klippen dort zu stürzen,
und am Rhein die Loreley,
welch Teuflisch Weib dort hauste,
jeden Mann auch ins verderben stürzte

Doch hier über diese Wege
niemals ich diese Geschichten hörte,
weil dies hier wohl keinem Menschen,
und vermutlich keinem Dichter wohl
passierte
so dass ich wohl als erster hier im Nebel
meinen Pfade wohl verloren
und mich Gestalten und Gewisper
nun verführten wie verwirrten
und mein Verstand nun unverständig,
nicht mehr tat, wie ich es wollt

Doch dies Geschehnis, mein Freund,
nahm seltsam Wendung als ich wohl erkannt
im Nebel nun die Sagengestalt,
ohne Sage die sich wohl um sie
jemals hat zuvor gedreht,
und allein mein Wort, mein Freund,
hat je gekündet von dem,
was ich dort im Nebel erblickt,
denn, Mein Freund, die Schemen dort,
wurden langsam wohl Gestalt

Ach, ich war verzaubert,
von dem, was ich im Nebel sah!
Kein schöner Weib ich je erblickte,
wenngleich so bleich und grau und ohne
Farb,
jedoch ein ganzer eigner Zauber
dort in ihrer Aura lag
ich dachte, nun war's um mich geschehen!
Denn ich kenne wohl die Geschichten,
von all den Zaubern, die auf diesen lagen,
und ich ahnte wohl, das dies das End'

Doch wie irrt ich, wie ich mich zuvor verirrt,
und die Gestalt dort im Nebel,
du weißt, mein Freund,
sie hatte meine Sinne verwirrt,
ja mir ganz und gar den Kopf verdreht,
doch nun sie ging, und war nicht mehr zu finden,
ich dachte nur noch, „Kann sie denn ganz verschwinden?!"
doch sie war fort, und niemehr da,
ich suchte wohl noch Tag um Tag,
nach dem Nebel, der wohl mit ihr floh

Du wirst nun sagen, ich sei unbeschadet
aus brenzlig Situation wohl geflohen
denn alle Geschichten dieser Art
Enden voll Tragik und in Trauer
doch mein Freund, ich muss dir sagen
so auch diese, es gab kein Entfliehen
vor dem Fluch, den sie mir aufgetan
immerzu muss ich an sie denken,
such sie schon Jahr um Jahr,
und jeder Nebel verschleiert mir das Herz.

Die Qualen des Tantalus

Wie eine einzige Knospe.
Umringt von Blüten.
Wie eine Insel.
Umringt vom Meer.

Es erscheint mir so fern,
So unwirklich, so utopisch,
Dass mein Herz Erfüllung findet
Und erblüht.

Um mich herum
Tanzt alles im Liebestaumel.
Und ich stehe wie Tantalus
Durstig im Meer.

Die Seele

Ich kann mir nicht mehr folgen,
Kein klarer Gedanke, nur eine Sammlung
Aus Pfaden, nach oben zum Tageslicht,
Und hinab, zur Mitte hin.

Doch das innerste bleibt unerkannt.

Es ist ein unwirtlicher Ort,
Dort, wo die Stürme toben,
Wo eine kalte Steinwüste
in einem grau in grau sich ausbreitet.

Es ist der harte Kern,
Das von diesem Unkraut durchwuchert ist,
Das da seine Kraft aus dem Grau zieht,
Was sich da langsam ausbreitet.

Steter Tropfen höhlt den Stein.

Narben zieren die Wüste als Schluchten.
Sie führen hinab, dorthin,
Wo die Saat schon keimt,
Wo niemand jemals war.

Hin und wieder flackert ein Licht dort,
Mal heller, mal dunkler,
Aber mit einer unheimlichen Tiefe,
Einem Sinn, der sich dort langsam einnistet.

Doch das innerste bleibt unerkannt.

Weiter oben, in den ersten Himmelsphären,
Wohnt ein Ich. Das letzte Ich.
Lange wurde es verdrängt,
Mit dem Rücken zur Fassade, den Blick auf
die Wüste.

Doch es wuchs wieder,
Es breitete sich aus, verdichtete sich.
Es scheint wie die Sterne auf die Wüste,
Hin und wieder des nachts durchbricht es
sogar die Fassade.

Wie eine Rose aus Glas behutsam doch
mächtig in seiner Zahl.

So wuchs es zu einem Meer aus Glas,
Die Blüten stolz gereckt in das Licht,
Das sich dort tausendfach brach.
Und doch ist es nur Glas.

Die Wüste lebt

Wo einst Meeres Fluten schlagend
dann die Wüste Wege bahnend
nun neues Gras erwachsend
blühend erhebt aus alten Samen

Bäche, Flüsse, Ströme, Meere,
ihre Läufe suchen, und auch finden,
Blühend Landschaft wuchs aus kargem Sand

Und Wurzeln schlagen zarte Pflanzen
Ihre Gesichter, schönste Blüten,
Lustvoll sich gen Himmel regen.

Frühlingstage, welch ein Lachen
sich aus dem Winter nun erhebt,
der da einst die Wüste schlagend
nun dem Wandel unterliegt

So dass Täler im Smaragd daliegen,
Schmetterlinge gen Himmel fliegen,
die zur Blüte und zur Frucht
stetig in der Zeit verschreiten

Sommergrün liegt auf den Feldern
Warme Nacht unterm Sternenschweif,
Alles klar, da Wolken sich ergossen
und in Regen Leben schufen

Das pulsiert nun unaufhörlich
Wunder sinds, die hier geschehen
hab solange suchen müssen,
hab nun endlich eins gesehen

Und die Wälder wachsen frei
bis hinauf auf Bergeshöhn'
Schattig-kühl ists angenehm,
wen die Sonne doch verschreckt

Doch wohl Nachts ist Wärme schön,
deshalb ist sie ein Geschenk,
zu erhalten wohl das Größte,
sie zu geben noch viel größer scheint

Ach froh ist ob des Fließens,
des Pulsierens, des Ergießens,
wer schon lange warten muss,
wen der Wüste Schluchten zierend
und der Sehnsucht Überdruss

Was erfüllet doch ein Wunder
wenn man eins zu sehn vermag
Leben wo sonst Leere wütet,
Blühen wo einst Sand nur lag

kann ich denken, muss dir zeigen,
was der Traum mir offenbart
Sind doch Samen hinterlassen
Samen, die verblieben sind

Und die nun so stetig keimen,
Ein Wunder ists, was mich erfüllt,
Wüste wars, doch kann ich sagen,
was alles hier geschieht,
Leben herrscht nun in der Tiefe,
Die Wüste ist ein Paradies.

Durch die Wüste

Durch die Wüste irre ich!
Kein Weg jemals zu erkennen,
denn selbst die Spuren,
die ich selbst hinter mir
im Sand lasse, verwehen
viel zu schnell.
Doch habe ich ein Ziel im Blick,
einen Turm, der mir immer leuchtet,
als wär dies ein Meer
und ich ein Seemann auf dem Weg.
Doch ich kämpf mich durch unberührte
Wüste,
die ist, als wär sie so eben erst entstanden,
wenngleich ich weiß,
dass viele diesen Weg schon gingen
Ich habe Durst, Hunger, Qualen!
Doch es treibt mich an,
mein Ziel, der Wunsch, der Wille
ihn zu erreichen, den Turm!
Seine Spitze, das höchste, was ich will!
Aber etwas bedroht mich,
ein Schatten in meinem Hinterkopf,
die Befürchtung, die Angst,
auf eine Fata Morgana zuzusteuern...

Ein Traum

Ich träume heimlich von dir
stell mir vor, du lägst in meinen Armen
die Augen sanft geschlossen,
den Moment genießend
und auf deinen schönen Lippen
ein verliebtes Lächeln

In diesem Traum streiche ich dir sanft
eine Strähne aus deinem Gesicht
du öffnest deine Auge,
die schönen, die strahlenden,
sie blicken in die meinigen,
wir lächeln, der Moment verzaubert

In meinem Traum streiche ich dir sanft
über deine Wange, berühr die zarte Haut,
meine Lippen wandern still zu deinen,
so wie die deinen zu den meinen
Der Moment erblüht zur schönen Ewigkeit
und wir küssen uns

Ergreifen

Du kamst, du bliebst
im tiefen Dunkel verborgen
entschlichst dem Lichte,
das den Schatten warf
zogst so sorgsam Spuren
und versankst
in stolzen Meere
kaltes Strahlend Blau zu entfliehen
zu sinken, zu überwinden
In die Lichtleere entweichen
nur ein Samen
Das versank im Kühlen Meere
immer tiefer,
das Licht hinter sich gelassen
in tiefen Meeres Schluchten
bis auf den Grund
Vertrieben von der Strömung
Tage abwartend fallend in den kalten Sand
Dort bliebst du still,
dort hast du gewartet,
bis ich kam und blieb
im tiefen Dunkel verborgen
Und ergreifen

Die Kühle und die Stille
und die Mondlosigkeit zu keimen
zu brechen die Schale,
das gefrorene Haupt
die Untiefen entehren
und du warst längst ohne Gefahr
denn du bliebst verborgen,
Jahr und Tag
Keiner hat dich erahnt
und das Schwarz wucherte und die Tage
verblichen
Du bist Tief gewachsen,
tief bis in den Kern hinein
zogst deine Ranken quer durch die Meere
und weit durch weiche Erden
und bald schon,
so bald
hattest du deine Hand im Spiel
hast ergriffen was dein sein sollte
Diese Welt von dir durchzogen
tief, so tief im Meere verborgen
Warten, dass ich komme
und bleibe
im Meere verborgen
Und das Erwachen beginnt

Es bleibt die Nacht

der tag ist vergangen,
denn die sonne ist verblasst,
die welt wird von nacht umhüllt
sie erkaltet, und das feuer
vergeht und hinterlässt nur asche
fluten vergehen, erstarren zu eis
und von tag und nacht bleibt nur schwärze
selbst die sterne, die so hell
sind nicht mehr was sie waren
sind verhüllt hinter dicken schwarzen wolken
kein strahl trifft die seele
und schenkt nie mehr orientierung
nur noch kaltes licht von neon
erleuchtet die straßen
aber wärmt kein herz,
aber wärmt kein herz...

Gestirne

Gestirne, fremde, ferne,
ein leiser Hauch von Licht
der hinabfällt vom Himmel
docherkaltet bei der Ankunft
dennoch: leicht erhellen sie die Seele,
umspielen sie sanft,
sind ein Funke
ein Funke von Hoffnung,
erstanden dort wo keiner mehr erwartet
und doch falsch, so fremd, so fern
kein wirklich strahlender Schein
nur fremde und ferne dort wo Nähe
erträumt,
nur Gestirne, fremde, ferne.

Ich verlor kein Wort

Ich verlor kein Wort
habe sie noch alle beisammen
die Schönen, die Grässlichen,
die Guten, die Bösen,
die Wichtigen, die Nichtigen,
die Gefühlsvollen
und auch die Leeren
keines ist mir je entglitten
keines verließ je meine Lippen
Ich sammelte sie
gab ihnen Form
fügte sie in Träume
und das war, was sie waren
Träume, bittersüße
und ich träumte viel
aber es wurd nicht mehr
all die schönen Worte,
all die wunderbaren Bedeutungen
verschenkt an die Stille
verloren an das Nichts
Und die Welt vergaß mich
denn ich verlor mich
aber niemals ein Wort

In tiefer Nacht

Ich suche Licht in der Nacht
wenn alles hell erleuchtet ist
doch es ist nicht das,
was die Seele berührt
Denn nur eins allein könnte das,
doch du bist nicht hier
wirst vielleicht niemals hier sein
und mein Streben ist umsonst
denn das Ziel bleibt stets gleich unerreichbar
und alles was bleibt ist Stille
Und Sehnsucht, tief in der Nacht

Kennen

Kennen.
Ein so simples Wort.
Ein K, zwei E, drei N.

Kennen.
Von erkennen.
Wer etwas nicht erkennt, der kennt nicht.

Kennen.
Es reimt sich auf brennen.
Wer sich kennt, der brennt für einander.

Kennen.
Aber was, wenn man nicht brennt?
Wenn man nicht erkennt?

Kennen.
Die Sehnsucht.
Nach allem. Nach mehr. Nach Berührung.
Nach Liebe.

Kennen.
Eine Erkenntnis.
Und doch die falsche.

Kennen.
So einige.
Nicht aber mich.

Kennen.
Die Angst.
Vor allem. Vor mehr. Vor Berührung. Vor Liebe?

Kennen.
Manche Wege.
Nur diesen nicht. Den einen.

Kennen.
Ich mich gut genug.
Um zu wissen.

Kennen.
Das Wissen.
Das ich mich nicht erkenne, nicht brenne.

Kennen.
Nicht mich.
Nur mein Spiegelbild.

Kennen.
Dieses Bild.
Hinter diesem Silberglas.

Kennen.
Seinen Blick.
Diesen düsteren, in dem Nur die Augen von Unwahrheit zeugen.

Kennen.
Die Unwahrheit.
Die mein Blick so gern erzählt, die nur die Augen entlarven.

Kennen.
Ich mich nicht.
Denn das innerste bleibt unerkannt.

Liebe ist

Liebe ist
Wie ein Brettspiel
Man macht seinen Zug, Zug um Zug,
reagiert auf den des Gegenüber
entwickelt Strategien, verwirft sie,
scheitert, verliert, Schachmatt,
selten ein Sieg, hochumjubelt
und dann doch so oft das Remis

Liebe ist
Wie der Krieg
Man gibt alles in Schlachten, Schlacht um Schlacht,
so viele davon verliert man,
so viele sind von Narben gezeichnet,
doch fraglich ist, wer der Gegner ist
Und man kann kaum fliehen
alles wiederholt sich, kommt wieder,
bis der sicherere Hafen erreicht

Liebe ist
eine Sammlung von Geschichten,
wenn kein Buch, Seite um Seite,
so viele Kapitel, so viel zu erzählen,
Und Geschichten finden ihr Ende,
wenn nicht verwuchern sie schmerzlich
doch Enden Geschichten überhaupt je ganz?
Bleibt nicht immer ungefragtes, ungesagtes
und Erinnerungen im Kopf zurück?

Liebe ist
Ein Stern, der für uns leuchtet,
für jeden einzelnen, Nacht um Nacht,
So viele tausend, ungezählt, Wünsche,
die hell brennen in weiter ferne
und doch wollen wir sie erreichen, sie
greifen,
der tiefe Traum, der in uns schlummert,
Und manchmal die Sonne,
der hellste, weil nahste Stern,
verdeckt die anderen,
schenkt Wärme und Licht für einige Zeit,
bis dann Nachts die Träume wieder blühen

Liebe ist
purer Magie, ja eine Macht,
sie kann zerstören, sie kann erschaffen,
sie kann verwunden, sie kann heilen,
kann wunder verbringen,
kann einen aber auch enttäuscht verlassen,
Manchmal liegt alles so dicht zusammen
Man kann es kaum unterscheiden,
keine Grenze ziehen,
sie ist grenzenlos

Liebe ist
kein unbeschriebenes Blatt,
so oft umdichtet, besungen, Wort für Wort,
tausend Lieder, und noch mehr,
sind ihr schon geschrieben,
nein, man kommt um sie nur schwer herum,
sie steht geschrieben in unserem Kopf
ein Sinn für das schöne, auch für's grauen,
für so vieles, so von Bedeutung,
ein Kessel der Erfahrungen,
die getan, die gemacht werden müssen,
Geschichten, die erlebt, Züge, die getan,
Schlachten, die geschlagen,
Sterne, die ergriffen werden müssen,
ja eine Magie, die verzaubert und verflucht.

Realität liegt mir nicht

Im Schlaf bin ich froh,
Nachts sehe ich das Licht,
kann Sterne greifen,
und erreiche sie.

Im Traum ist meine Welt hell,
sie blüht, und in mir herrscht frieden,
der lang ersehnte,
den die Welt mir verwehrt

Realität liegt mir nicht,
lass sie fallen, bleib im Traum

Die Welt im erwachen ist kalt und grau und leer
Ein stetes Rennen, ein stetes streben
nach einem Ziel,
das doch fern bleibt.

Manchmal wähnt man sich nah, und bleibt fern
Das Glück bleibt im Traum,
und der ist niemals wahr,
während die Welt dich erstickt.

Realität liegt mir nicht,
lass sie fallen, bleib im Traum.

Ruhe und Sturm

Warten auf den Sturm,
wenn alles still,
kein Wort gesagt,
kein Laut vernommen,
kein Wind der haucht,
die See so glatt unterm Himmel liegt,
der unberührt und trüb und still
über unbewegte Bäume fliegt
Die Sonne verschluckt und in Wolken
gebadet,
das Grau sich schwer auf alles legt,
und alles scheint Tonnenschwer
und der Tag verfliegt nicht mehr
und alles gefangen und unberührt
wie in blei gegossen und unbewegt
Kein Vogel der Singt bricht das Wolkenmeer,
alles stll und lastet schwer

Doch dann, wie plötzlich tausend Trommeln
ein Grummel, ein donnern bricht das Wolkenmeer
unerwartet peitscht der Wind,
alt geäst dass da scheitert an dem wüten
und was sich nicht sichert tief im Grund
wird zerschmettert und zerbrüllet in des Sturmes Glut,
der so plötzlich alles zerreißt,
zerwütet und die Schwere bricht,
befreit was da so schwer lieget
und der Regen peitscht wie tausend Geißeln!
Der Asphalt scheint wie zerprengt,
so vielen Tonnen hielt er stand,
doch nimmer dier Naturgewalt,
die nun sich zornig erbend ihren Weg wohl bahnt,
sich zu befreien und zu zerschmettern,
was sie gebunden und behindert,
was sie eingesperrt hat solange Zeit
und wüten alles wird zertobt, und frei wird sein,
was frei gehört

Und nach dem Sturm
die Luft ist bereinigt,
Ruhe kehrt ein,
ja frieden,
still ist,
was vorher so wütend getobt,
und frei
nicht nur die Welt
sondern auch so manche Seele

Schicksal

Entscheidend für das Schicksal,
sowohl das eigene als auch das der Welt,
sind nicht gesprochene Wote,
sondern die, die verborgen bleiben,
niemals den Kopf eines Menschen verlassen.

Schnee im Wind

Betracht Ich es
wie Schnee, leis fallend,
ein Spiel im Wind,
dem machtlos entgegenstehend,
von dem stillen Hauch
sanft gewogen
und verzaubert,
den Himmel stets im Blick
die Sterne, ihr Strahlen,
so unerreichbar fern
es bleiben nur die Bilder
und die Träume
und das Warten,
zu sehen, wohin der Wind mich trägt.

Schneekönigin

Der Tag ist geflohen.
Er konnte nicht mehr bleiben,
als die Sonne versank
und dem Nachthimmel weichte.
Ich stehe draußen im dunkel
Das Fallen des Regens bricht die Stille
fokussiert meine Gedanken.
Er fühlt sich an wie Schnee auf meiner Haut
wie Schnee.

Der Schnee, er fiel so sehr
im letzten Winter
so dass auch im Dunkel der Nacht
die Straßen in ein strahlendes Weiß getaucht
waren
Aber es schienen die Sterne
und für einige Momente
schienst du mir im Schnee

Es waren nur Momente
aber es waren diese Momente
wo ich dein Bild in mir vergrub,
und bis heute nicht wieder hinaus hob,
als die Sterne und deine Augen schienen,
so strahlten
und deine Lippen meine trafen
ich fühle es noch immer

Es waren nur Momente
aber sie waren schön,
im Schnee,
und du meine Königin.

Und nun ist es Nacht,
ich gehe durch den Regen
durch den Herbstlichen,
und es ist Sommer
und der Regen der fällt
bringt so viel zum Vorschein
was der Schein der Sonne
nie ans Tageslicht bringen würde.

Seenot

Und ich geriet ins Wanken!
Mein Gleichgewicht verlor mich
und die Welt!
Rettung noch fern, viel Arbeit zu tun!
Ich fing mich am Mast
den Blick zum Horizont, der,
wie ich, von schwarzen Wellen schwankend war,
den Leuchtturm, das Ziel, ein Licht,
das da in der Ferne sein sollt,
suchend, nicht findend, nur ein leises flackernd,
wie ein Irrlicht im Moor,
nur uns auf Kurs hält,
irrelevant ob's der richt'ge ist,
Nur raus aus dem Sturm!
Der da durch die Welt peitscht,
die Wellen zu Berge auftürmend,
zornig die Seele erspähend,
strafend, für etwas, was sie tat,
nein, viel mehr, für etwas,
was sie noch nicht erreicht,
weswegen der Sturm sich singend
über das Meer erhebt, mahnend,
den Kurs zu halten,
welcher es auch immer sei,
kentern werden wir ohnehin
irgendwann

Sehnsucht

Ein Blatt im Wind
das zaghaft fällt
den Baum verlässt
in das weite Meer fällt
in dieser Pfütze schwimmt
auf Reise gehend
Wege wagend
etwas suchend
es hofft
den richtigen Weg zu finden
doch das Meer ist weit
selbst im kleinen
so viele Wege,
so viel nichts
und es kennt nur das Ziel
und lässt sich treiben
bis der Wind es verweht
die Reise fortführt
wenn das Meer versiegen sollt
und irgendwann wird es ankommen
irgendwann
es hofft darauf
es kennt das Ziel

Steine sind frei

Steine sind frei
Sie sind einfach da
und sie kümmerts nicht
sie schweigen nur still
und sind frei
frei von Gefühl,
frei von Gedanken
frei von Befürchtung und sorge,
frei von Schranken
keiner setzt ihnen Grenzen
Sie sind ihnen egal,
die Politik, die Philosophie,
die Wirtschaft und all der Schmerz
der Hass und all die Sorgen
Wir alle sind Sklaven unsres Intellekts
Aber Steine, Steine, die sind frei

Stell dir nur mal vor

Stell dir nur mal vor.
Du würdest den Verstand verlieren,
nur für einen Moment,
ihn einfach mal ausschalten

Stell dir nur mal vor,
Du würdest einmal sagen
was du denkst, ohne einen Verstand
der es dir zensiert

Stell dir nur mal vor
Du würdest einmal ein Risiko eingehen
Die Folgen ignorieren
und Dinge einfach tun

Stell dir nur mal vor
Du würdest einmal tun,
wonach es dir verlangt
ohne dass dein Verstand dich aufhält

Stell es dir nur einmal vor.
Wäre es nicht manchmal besser?

Still, so Still

So tief in der Schlucht
Von Fluten umspült
Die das Licht der Sonne
Niemals gekostet

Es ging verloren
Auf dem Weg hinab
Versunken, und unbewegt
auf dem Weg nach unten

Still, kein Wort
so still, nur schwarzes Meer,
kein Leben, kein Wort,
Still, aber nicht ruhend,
so still, doch kein Frieden

Strömungen voller Macht
eisig kalt und mit voller Kraft
zerren am Körper
tausend Atmosphären

Der AugenBlick zu Eis erstarrt
und was sie sahen
erfroren und vom Wasser betrunken
perfektes Dunkel,
keine Sonne, kein Strahl,
nur Lichtblitze,
Phantasmagorien,
fern, so fern,
kalt, so kalt,
und tiefer hinab

Kein Geräusch, kein Schrei,
kein Zeichen,
Nur Fluten, nur Unruhe
nur Versinken in Gedanken

Keine Wahrnehmung
keine Sinnestäuschungen mehr,
denn die Sinne vernehmen
nichts mehr

Als kalte Fluten
unter Druck
im perfekten Dunkel
kein Weg hinaus
unbewegt,
hinab, nur hinab
versinken

Und das Meer verschluckt
dich mehr und mehr
lässt vergessen,
nur nicht dich

Und du wirst zum Teil des Meeres,
des ewigen Unfriedens
im perfekten Dunkel

Hinab, nur hinab
zum Kern
hinab zum Feuer
dem erkalteten

Zu den gefrorenen Flammen
Kristalle aus Licht und Strahlung
verbrennen nur noch mit Kühle

Und du schlägst auf,
auf dem Brennen
zerstörst Kristalle
die kalt schneiden und verbrennen

Und die Kälte fasst nach dir
und Eis greift nach deinen Fingern
kalt, so kalt,
und alles ist weiß

Kaltes Weiß
ohne Makel,
vollendet
und es frisst sich in deine Augen

Durchbohrt deine Sinne
und schmerzt

Raureif überwuchert dich,
Eiskristalle, Eisblumen
viel zu Schön
um wahr zu sein

Doch so kalt,
so kalt
wie das Weiß,
und du wirst eins
mit dem kalten Eis
den erstarrten Flammen
dem gefrorenen Feuer
dort unten, so tief
und nach tausend Jahren
bist du vergraben
im Eis, dreihundert Meter
und 20.000 Meilen unterm Meer

Vergessen und Verloren
und niemand kennt mehr deinen Namen
Still, so still

Tag aus Glas

An diesem Tag aus Glas
fällt das Sonnenlicht brüchig
reflektiert und bricht sich wie in Eis
im jahrhundertalten Lichterspiel

Schleichen durch den Tag aus Glas
die warme Sonne genießen
während dich kaltes Obsidian umklammert
Weitergehen, solang die Wärme auf dem
Herzen verweilt

Schweben durch den Tag aus Glas
Ganz ruhig, die Augen geschlossen,
den Moment genießen,
Bevor der Tag fällt und zerbricht.

Ungeschickte Briefe, 1. Brief

Hey,

Du bist ja immernoch hier?
Ich weiß nicht wie lange schon
wie lange du meinen Geist schon fängst
Wie lange deine Saphirblauen Augen mich
fesseln
mich faszinieren
Und mich nicht mehr loslassen
Immer wieder aufs neue
schaffst du es mit ihrer Hilfe
in mein Herz einzubrechen
bleib ruhig da
du störst mich nicht
auch wenn ich hin und wieder wünsche
du würdest diesen Platz auch endlich mal
für andere freigeben
Aber du füllst meine Seele
Und dass fühlt sich gut an
auch mit diesem bittersüßen Beigeschmack
dass ich dich nie erreichen werde.

Ungeschickte Briefe, 2. Brief

Hey,

Warum bist du noch da?
Sag mir, hat es einen tieferen Zweck,
will das Schicksal mir damit etwas sagen?
Winkt es hier mit einem Zaunpfahl,
dass ich doch endlich den Mut finden soll
endlich aus meiner fassade brechen soll
und es dir sagen soll
was ich schon so lange sagen will
was ich für dich empfinde
was du für mich bist
aber ich habe angst vor dem moment
ich habe Angst davor,
dass du mich nicht willst,
dass es aussichtslos ist
wie ich es schon lange vermute
Bitte, gib mir doch ein Zeichen
irgendeins, dass mir sagt,
ob sich die hoffnung lohnt
es ist unfair, dass von dir zu verlangen
es sind schließlich meine Gefühle
ich muss die Zeichen geben
doch ich kann einfach nicht.

Ungeschickte Briefe, 3. Brief

Hey,

Warum kann ich dich nicht vergessen?
Deine elfengleiche Gestalt bannt mich immer wieder
du lässt meine Seele nicht los
selbst wenn ich keine Hoffnung mehr sehe
ich blick einmal in deine Augen
und ich bin verloren
mal wieder
mal wieder ertrinke ich in ihnen
es ist nicht unbedingt ein schlechtes Gefühl
so habe ich wenigstens ein stück hoffnung
an das ich mich klammern kann
aber irgendwann muss ich es dir einfach sagen
ich weiß nicht, was sonst noch mit mir geschieht
ich würde vermutlich von Sehnsucht zerfressen
wenn wir uns nicht mehr sehen
wenn ich deine Augen nicht mehr erblicken kann

Wenn ich nie mehr sehen darf,
wie das Sonnenlicht in deinen Haaren
kupferrote Funken schlägt
Ich will so sehr,
will endlich Gewissheit verspüren
doch ich will nicht,dass meine Hoffnung
und diese Illusion zerstört werden.

Ungeschickte Briefe, 4. Brief

Hey,

Du bist noch immer hier
Oder schon wieder, dass tut nichts zu sache
wer weiß, ob du irgendwann diese Zeilen
lesen wirst
es wäre schön,
denn sie könnten dich zumindest erahnen
lassen,
was ich fühle und empfinde
diesen wohligen Schauer in deinr nähe
Diesen immerwährenden Gedanken an dich
ich kann es einfach nicht lassen,
kann meinen Blick nicht von dir wenden
so hoffnungslos es auch scheint
ich will dich nicht loslassen
will dich nicht vergessen
ich bin viel zu lange leer gewesen,
du warst meine Rettung
auch wenn du es bisher vielleicht nicht
wusstest
ich träumte schon so oft von dir,
und das, was sein könnte
wenn ich doch endlich den Mut finden würde
so lange schon...

Ich will zumindest in diesen Versen
endlich ehrlich zu dir, zu mir, sein
auch wenn du sie vielleicht nie lesen wirst
ich muss es einfach niederschreiben
bitte versteh, ich kann dich nicht vergessen,
kann es nicht lassen,
von dir zu träumen,
meine Seele an dich verkaufen zu wollen,
die mein Herz schenken zu wollen

denn ich liebe dich.

Ungeschickte Briefe, 5. und letzter Brief

Hey,

Es ist zu Ende
Vorbei
Zeit zu gehen
Ich weiß doch, du bist schon nicht mehr hier
Bist mir entflohen in dieser Nacht
Doch dein Schatten ist noch da
Er drängt sich auf und hinein
In meine Träume
Doch verblasst er, ich vergesse
Ihn und dich
Langsam, Stück für Stück, Schritt für
Schritt,
Begehe ich Neuland
Von dir fort
Ohne dich
Denn ein morgen
Gibt es nur ohne dich
Und ich glaube

Ich kann es sogar sehen.

Unkraut jäten
oder: Zwischen den Zeiten

Ich fühle mich zwischen den Zeiten gefangen.

Auf der einen Seite sind dort die Wünsche und Träume der Vergangenheit, die mich geradezu jagen und die ich einfach nicht vergessen kann, obwohl ich doch weiß, dass sie nie mehr in Erfüllung gehen werden.

Auf der anderen Seite sind dort die Hoffnungen an ein wunderschönes Morgen, die ersten Samen neuer Träume keimen schon.

Aber das gestern nimmt ihnen die Sonne und lässt sie im Schatten.

Ach wie gerne würde ich dieses Unkraut jäten... Solange es da ist erscheint mir das Morgen wie ein verzweifelter, utopischer Gedanke, den man sich in einer schwierigen Situation einzureden versucht...

Was du bist

Wie eine Spur im Sand,
der Krater eines Kometen,
Lichter eines Sterns,
die seit Gezeiten,
wie eine Spur im Raum,
zu mir unterwegs sind.
Wie ein Lied, dass im Ohr bleibt,
ein Monument, dass immer da,
wie ein Brandmal auf der Haut,
ein Gebirge, dass sich erhoben hat,
als Kontinente aufeinander prallten.
Wie ein Sandkorn nach dem Strandbesuch,
sich versteckt, und nach Wochen
du es findest auf der Haut.
Wie ein Kuss, der noch auf den Lippen
brennt,
wie der Traum, der dich besucht jede Nacht

Das bist du,
und die Erinnerung an dich
Für mich, in meinem Kopf

Weg

Irgendwo dahinten ist sie gewesen
Die Abzweigung, die ich hätte kriegen sollen,
die ich nicht gekriegt habe
war allerdings auch sehr schlecht
ausgeschildert
verwundert mich nicht wirklich
ist aber trotzdem ärgerlich
vor allem, weil hier vorne die Stromrechnung
offensichtlich nicht bezahlt wurde
und der Weg allenfalls mit Kerzen beleuchtet
ist
Vor der Abzweigung war noch alles hell
erleuchtet,
man fragt sich unmittelbar,
wer denn bitte Kronleuchter an einem
Feldweg aufhängt
die werden doch geklaut
Hinter der Abzweigung, die ich gehen wollte
scheinen auch Kronleuchter zu hängen
es ist schon bizarr
man kann vom dunkel ins Licht schauen
andersrum funktioniert das nicht
da musste ich den Weg doch verpassen
zu allem Überfluss scheint davon eine
Kreuzung zu sein

Die Schilder nicht lesbar,
die sollte dringend ihre Stromrechnung bezahlen
die Entfernung ist schlecht abzuschätzen,
so dass ich diesen bizarren Weg,
eine seltsame Mischung aus Wahnsinn, Depression und Euphorie
nur Stumpfsinnig und in Schleichfahrt begehen kann
Ich will ja schließlich über keine Falltür stolpern
ist ja auch unpraktisch, so ein Loch im Boden
Irgendwie fürchte ich mich auch vor Wänden
die sind nämlich noch unpraktischer.
Die sind meist einfach da, und unüberwindlich
Wer baut die eigentlich immer?!
Über Falltüren kann man springen,
wirklich groß sind die zumeist nicht
dabei muss man aber da drauf achten,
nicht von Fettnäpfchen angesprungen zu werden
tückische Viecher sind das.

Ein Blick zurück geht nicht mehr,
die Kronleuchter sind auch nicht mehr zu erkennen,
und ich frag mich ernsthaft,
welcher Depp die Erdkrümmung erfunden hat
Die Kreuzung rückt näher, ich bin immer noch unschlüssig,
die Wege erscheinen alle seltsam, welchen sollte ich gehen
Licht sehe ich bei keinem, was entweder heißt,
dass jemandem die Kerzen ausgegangen sind,
oder dass dort jemand Mauern hingestellt hat.
Welcher Depp macht das eigentlich immer?
Manchmal scheint die Kreuzung plötzlich ein Stück weiter weg zu springen
ein tückisches Biest, diese Kreuzung!
Ich lauf weiter gerade aus.
Noch habe ich freie Wahl, nur zurück geht nicht mehr
Ich weiß nur, die zeit verfließt mir,
mal schneller, mal langsamer.
Vielleicht gibt's doch irgendwo ein kleines Lichtlein,
und sei es nur das Funkeln eines Glühwürmchens
Klein Vieh, macht auch mist,
Wir werden sehen.

Wohin

Zu wissen, auf welchem Weg man geht und wohin
heißt nicht, dass man nicht Unterwegs
eine Verführerische Abzweigung findet,
die man sich zumindest mal ansehen
möchte...

Worte im Teppich

Worte sind ein Fließen.
Manchmal stürmisch,
manchmal zaghaft,
so wie Blumen sprießen,
Tropfen aus deinem Geist heraus,
auf den Teppich,
der noch ganz neu
einen deutlichen Fleck nun hat
Doch tropfst du weiter ohne Scheu,
denn das Becken wird nie voll,
ich dem deine Worte leise plätschern,
Manchmal Grau, manchmal in Farbenpracht,
wie ein Pfau, und der Teppich zieht sich zu
Bunter und Bunter, jeder Fleck,
ein Ölgemälde wird daraus,
mit Worte die du Fallen ließt,
nicht mehr aufhebst,
denn noch denkst du,
du bräuchtest sie nicht mehr,
denn was ging, das ging,
und kommt nie wieder.

Doch sei vorsichtig,
denn eins muss ganz klar ich dir sagen,
bei alle Farbenpracht,
und wird das Becken wie der Teppich niemals voll,
hörst du dann doch vielleicht mal auf zu Tropfen
und bist Sprachlos, wenn du Worte bräuchtest
Aber die hat alle der Teppich aufgesogen.

Zum Horizont

Dies ist mein Meer,
Mein Pfad, meine Aufgabe.
Es ist Stürmisch,
Steinig, und schwer.

Es ist so weit weg,
Ich kann es nicht sehen, das Ziel.
Ich weiß nur, es ist da am Firmament
Wo die Farben sich einem Lichterspiel
hingeben.

Wenn's doch nur Steine wären,
Doch leider sind Felsen, ja Berge fast.
Und es ist qualvoll, über sie zu gehen.
Und so mancher Stein verbarg sich im
Schuh.

Doch es geht nur Vorwärts. Zum Licht.
Denn ich weiß, die Umkehr lohnt nicht.
Dort geht es nur in alte Wüsten,
Über alte Brücken über alte Schluchten.

Schau nur! Der Gipfel ist bereits sichtbar.
Ja ich weiß. Es ist nur ein Berg von vielen.
Aber haben Wir nicht ewig für den Aufstieg gebraucht?
Sieh nur, dort oben wohnt ein Glück, Ein Triumph!

Nun, allerdings versteh ich auch deinen Gedanken.
Unsere Wege werden sich dort oben trennen.
Viel zu wenige werde ich auf der anderen Seite sehen.
Doch bedenke: Sagt man zum Abschied nicht „Auf Wiedersehen?"

Dies ist nur einer der Wege, die ich ging.
Und ich will diese Reisen nicht missen.
Denn so steinig die Wege auch waren:
Ich ging sie nie alleine.
So mancher guter Freund und so mancher Kamerad,
Der mich auch mal trug, und der meinen Blick
In die Ferne hat schweifen lassen,
Dort zum Lichterspiel der Abendsonne.

Und wenn ich auch all die Felsen bedenke,
Die da meinen Weg säumten,
Mit euch überstieg ich sieh kinderleicht,
Als wären es doch nur Sandkörner.

Bedenke, mein Freund!
Es waren nicht immer nur Steine,
Die diesen Weg säumten,
Es waren auch die Blüten der Kirschbäume.

Manchmal lagen sie da wie Schnee.
Mit diesem sanften Rosa Farbton,
Der da beim Sonnenuntergang
So viel kraft bekam und gab.

Aber mein Freund, mein Kamerad,
Bedenke, die schönsten Wege
Liegen noch vor uns,
Vor dir und mir.

Sieh nicht zurück, noch nicht.
Die Sicht ist hier verklärt.
Von hier hilft nur der Blick voraus,
hinauf zum Gipfel.

Dort oben können wir getrost
Einen Moment verweilen
Und einen Blick zurück in die Vergangenheit
werfen,
Und feiern, das wir diesen Meilenstein
erreicht haben.

Und dann wird er kommen.
Dieser Abschied, voller Wehmut,
Letztendlich aber auch voller
Aufbruchstimmung.
Wir müssen weitergehen.

Immer Vorwärts.
Zum Firmament.
Wo die Farben ihr Lichterspiel tanzen.

Sie haben es geschafft. Sie sind am Ende des Bandes angekommen. Ihnen gebührt ein gewisser Respekt dafür, und ich freue mich darüber, dass Sie es bis hier geschafft haben. Ich danke Ihnen für's Lesen, und hoffe, es hat Ihnen Freude bereitet.

Vielleicht lesen Sie mich nochmal, wenn ich Sie nicht vergrault habe. Ich denke, irgendwas wird von mir noch kommen…

Denken Sie sich dies als Cliffhanger.

Ja, dieser Gedichtband hat einen Cliffhanger…

Ich danke Daniel Siebert für die schöne Coverfotografie.
Herr Siebert im World Wide Web:
http://www.facebook.com/LebenInBildern

Tobias Bischoff im World Wide Web:
https://www.facebook.com/bischoff.lyrik